歌集

河を渡って木立の中へ

秋山律子

砂子屋書房

＊目次

I

装本・倉本　修

歌集　河を渡って木立の中へ

I

一つずつ

藪椿どっと吹かれて歳月の走りゆく見ゆ　晴れて風あり

*

鈍行の列車は残りの日のようで時おり胸をかざる春の陽

声もたてず老いる日あらん春の日の限りも見えて駅ひとつずつ

顔はさびしい歳月が幾重にも虹を掛け消えてゆきたり

紅い椿白い椿が散ってゆき人が死んでもきれいな日なり

飛行船浮くをそのまま黄昏の空に残して帰りゆくなり

驟雨

蜘蛛の巣の精緻は碁盤の目のようで捕えしものに朝露を置く

壊れたる自転車引いてゆく道の白昼なれば白昼を曳く

鉄橋を渡る列車の夜をひかり人ごうごうと積まれてゆきぬ

根岸線乗り換えゆくに車窓には曇りの空の落ち来るごとし

もうとっくに降りだしている雨を見て文庫の青い栞をひらく

雨繁く降ればこのままどこまでも乗っていたくてまた文庫読む

行間を湿りゆく雨たちまちにわれを濡らして『驟雨』奔れり

ふいに胸を突かれるくだり読みしまま降り立つ駅を雨が囲みぬ

ひしと寄る喪の席〝未来〟の歌の友逝ってしまえり秋の日ふいに

ドヴォルザーク流れるままにボヘミアの野となり逝きぬ落合郁子

街はいままぼろしめいて亡き友とつれだつ午後の花梨のひかり

海に向く窓

老人を集める海辺のマンションに煙れるような叔母の白髪

受付の呼び鈴押せばすみずみの空漠呼んで午後がひろがる

ドアひとつひっそり開いて桃いろのスリッパふわふわ歩むが見える

どのように老いるか海に向く窓のみな閉じられて老人仕舞う

溶ける雪のようにその日が消えてゆく最終バスは夕陽を曳きて

シネマテーク・フランセーズコレクション

古い傷のように疼くと言いあえば映画祭の千の椅子揺れたつ

革命もレジスタンスもモノクロの翳の品位に守られていつ

占領下の人間の沈黙見んとして並ぶ「海の沈黙」のチケット売り場

罌粟畑の罌粟波打つに戻らないレジスタンスというベレー帽

グライダーの骨組み細く浮く空の壊れやすくて落下すあおく

杏、桃の木

また笑いしと言いてはわれら押し合いて壁のようにもみどりご囲む

男（お）の子ばかりの家系に生（あ）れて初めての女（め）の子長月五日菊咲く

九階の部屋に来て抱くみどりごの三千グラムに雲遊びこよ

遅く授かりたれば蜜やか娘持つ息子に育つ杏、　桃の木

若きらがはためくように入りゆく夏のユニクロ万のTシャツ

足早に行く息子（こ）の距離に追いつかず晴ればれわれを遠ざかりゆく

水買いに行ったままにも戻らねば夫の部屋から聞こゆかなかな

山の支度の夫の背はやも放たれてすでにし行きぬ何処（どこ）かの峰を

談露館

夏の終わりの空に浮かべるパラソルが甲斐駒ヶ岳をうっすら隠す

きれいな文化が沁みる町だと太宰言う甲斐の国なり上野さんが居た

まぼろしにあらね甲斐駒並みたちて〝みぎわ〟〝未来〟の大会ありし

集団が若く動くということの〝みぎわ〟〝未来〟の鬱蒼として

夕ぐれは人を急きたてゆく影の宴(うたげ)は上野さん無き談露館

かなかなの鳴くを伝える絵葉書を仕舞えばかなかなは鳴く部屋中に

生年と没年記され折畳傘のようにも仕舞われいしか

駆け出せる影は駈け行く人に添いどうしても悲しみの域抜け出せない

根菜のスープはからだのためだから朝な夕なの真面目なからだ

どろどろのスープはふいに泥濘のこころうつしてわが身に沈む

起死回生（題　身体に良い短歌）

朝露のラジオ体操すみずみの身体髪膚歓ぶまでを

人体の仔細は知らず一本の木に見習えと両手を空に

ふくらはぎそのやわらかき名のゆえにわたしの脚は草に触れたり

首筋はすなわちうなじ回しつつこの世の四方見ゆると思え

腹筋に吐く息吐く息ロゴス呼びアクロポリスの丘一息に

跳躍の土を蹴るたび思い出せ起死回生というではないか

深呼吸ふたたびみたび四肢張りて鋼のような冬空を吸う

富士

車窓には触れんばかりに富士来るもすぐに離(か)れゆきついには離る

額縁の車窓に富士をかざれるは富士を小さくしてるにあらむ

瑳瑯の肌(はだえ)のようだ富士の雪ま青な空を静かに画す

手放しで泣きしはいつか白白(はくはく)と富士の新雪目にそそぎこむ

床に落ちし匙のひかりの十月にはや秋の日の人を思うも

私鉄駅ありて一つの思い出の褪せゆくころに町こわれたり

橋があったと思えば橋はか細くてか細きままに夕陽あびおり

映日果（インジークォ）

映日果（インジークォ）すなわちいちじく売る声に天津の路上走りし母は

おぼろなる記憶に来れば天津の日本租界地こんなに小さい

旧市街のひびきに低き街並みを曲がればすっかり青空ばかり

膚えにはぬるいかなしみ喰い込みて再会のごと来る国のあり

父の手紙母の手紙の筆跡の生きている日をしまう抽斗

父は楷書母は草書の書体からたちまち声は添う日なたのように

鮎の絵の男扇子も仕舞われて抽斗の奥の父のはつなつ

卯の花を雪花菜(きらず)と記す胸を病む母の日記の薬臭かすか

壮年を病む妻持ちし父の目に鮎翻る夏の川あり

はっきりと物言わぬ子とちちははの声まったりと入り日のごとく

文旦の砂糖漬けなりざらめから零れてむっつりと子供だった日

ドイツの春　日本の春

寒気さえ凛々しく来ればセーターにコート重ねてドイツの春に

ライン下る旅の真昼を冷えながら炯炯(けいけい)と白鳥鳴くを聞きおり

ふいに見え古城迫れば蛇行するラインかぐろき影を宿すも

遥けきは光に溶けて見えざれば悲苦をかくしてライン朝焼け

滔々と老いるは難事身を流るる河の時間に添いつつゆくも

その日ドイツに居た

訪いゆきし友のドイツのテレビより目に飛び込みぬ日本の津波

日本とドイツを分かつ空のした現実が非現実をやすやすと越ゆ

映像に見ている間(ま)にもつぎつぎと日本よりの急報入る

帰国して見るたび聞くたび自ずから罪悪感のごときが兆す

帰り来てすぐに聞きおりメルケル首相脱原発の声素早かり

春はいつ行ったのだろう消息の糸のようなる時間を湛え

半減期までを生き延び樹齢には刻め３・11その後

ロボットにヘルダーリンと名付けてはそのゆく先の原子炉建屋　寓話なり

塩の屋旅館

座卓にはお茶とポットが置かれおり座蒲団もあって歌の話する

ザルツと言いセルとも言いて塩の出自にことよせながら会の名とする

若からぬ齢の良けれ後先の少し見えくる日々にもの言う

いちじく色の部屋古びつつ生活にかかわりなきが大切な部屋

管理されぬ時間がふっとあることの人生の隙間のようで明るい

扇風機こわれていたなという声にこわれしものは安けくありぬ

届いても届かなくてもいいそんな言葉が秋の陽ざしを曳きぬ

（一時帰宅）の帰宅は帰宅にあらずして消えたる町の喪失の場所

防護服の白きに人体つつみゆく東北にしんとさくら花咲き

もうそこにない日常に揺れている窓のカーテン少しひらいて

二時間の帰宅に食器洗いいる残してきたる日常のため

病院に待つ人の表情似ることのその中にありわが表情も

待ち居たる椅子にふいにも西日射しあらわになりぬ病者のからだ

一日を咳き込むなれば喉よりも賑わしひびき祭りのように

バスに運ぶからだ傾くときの間をかたむくままに見る空の色

バス停を一つずつ過ぎ終点はわがうちにあり街夕暮れて

遠ざかる楽隊

日本の駅をかざっていたころの桜の木あり小さな駅に

この席は谷間のようで暗いから仰ぎ見るなり空のはなびら

駅に買う青島蜜柑スカートにこぼれて一つの駅は過ぎたり

座席にはまだらに人の眠りいて駅着くごとに目覚めて降りる

ふたたびは来ぬ駅の名の「ふるいち」を過ぎてしまえば「ふるいち」恋うる

わたしから遠ざかりゆく楽隊のそんな気がして降り立つ駅に

アカンサス手折りて行きぬ墓前には並びて七年齢旧りしわれら

歌にのみつながれきしを不思議なる歳月として師の前に立つ

パラソルの三つ四つとひらきゆき東京歌会ありし日の雲

蜂蜜いろの時

言葉熟るるまでの片言ひろいては蜂蜜いろの時早く過ぎ

子を叱る息子の声に春の日が遠い神輿のように過ぎ行く

三歳は三歳のことば無垢にして今日はパパはいらないと言う

男（お）まご女（め）まごひとつ違いの春の日が走りゆきたりわれらを置いて

電線に触れるを切ればば空ごとに落とす枝なり合歓の空の木

仰ぐたび今年は切ろう今年はと言いあう声になお葉はさやぐ

いつか旅が終わったころに切ろうかと夫の言うなり　いつまでが旅

II

木下杢太郎記念館

冬の旅が好きでこれから訪ねゆく木下杢太郎館海のすぐそば

二〇年前に来し日と変わらずに駅よりの道人まばらなり

生家「米惣」記念館なればそのままの瓦の屋根に冬そそぐなり

最晩年に描きし百花譜「すかんぽの花のくれなゐ」見つけしことも

（すかんぽ）はすなわち（とどくさ）花の茎食すと記す随筆のなか

百花譜の絵葉書何枚買っただろういま歳月のなかのすかんぽ

『えすぱにあ・ぽるつがる記』七十年後われ行きたりしそのぽるとがる

昭和二十年七月二十七日最後に描きしやまゆりの花

横ケイの医学用箋に描かれし百花譜淡きその罫良けれ

首都圏の雪の予報の刻々と街を急かして街動くなり

降る雪にかき消えゆくを輪郭に残して橋はあったのかしら

トテチカトン

姉の電話今日は体の不調からくぐもる声に土鳩は鳴きぬ

公団の昔のアパートエレベーターないから五階の部屋遥かなり

角部屋のほど良き高さ木の花が咲いたり散ったり人が消えたり

きれい好きな姉の部屋から冬富士がすらりと見えて何だかさびし

ひとり居はもう長いからヒヤシンス咲く窓辺には青空ばかり

老姉妹むかしばなしのちぐはぐにトテチカトンと鼓笛隊ゆく

身の弱りがこころを犯しゆくまでの薄氷(うすらひ)に射す夕陽のひかり

流金の尾ひれ真昼をひるがえり水打つときににじむ緋の色

ファクスに届く訃報は白紙(しらかみ)をきしませながら排出される

冬空の青を映しているのだが窓一面が天幕のよう

号泣はいつするのだろう記憶から放たれ放たれやっと泣くだろう

冬空に張り巡らせる電線が風に鳴りおり国境封鎖

〈シリア〉

生き延びて辿り着いたら散りじりに僕らを乗せてトラックは行く

地図の通りに歩いて来たら忽然と現われいでて豚草（ブタクサ）の丘

ベトナム、ホイアンを行く

夜の市（いち）のランタン祭り細々と続くを行くになおつづく灯は

わびしさは恋しさならん点々と続く明かりはこころのようで

鄙びたる都(みやこ)の香とぞにぎわいの灯はそこのみに打ち寄せながら

日本人町ありし証の来遠橋(らいおんばし)名付けしこころの橋渡るなり

ホイアンは雨シンチャオ(今日は)とすれ違うもの売る人の声のみ残し

（サイゴン陥落）記憶す国に今を来て人潑剌と行きかう見たり

路上にはバイク大群大河なすどくどくとして国動くなり

夾竹桃

南の街の夏のかがよい揺れ揺れて夾竹桃父の終の花なり

引き揚げて棲みつきながら鹿児島弁ついに喋らず父の半生

大連のアカシア鹿児島の夾竹桃時代を咲いて散りゆきにけり

租界地のさすらう空の青さなど父の話をわがものとし

折鶴の首が夕陽に焼かれおり窓辺を戦争が通って行った

ドイツ租界の巨大な道路のアスファルト黒びかりせしが街衢の記憶

開拓団カイタクダンとうたうごと人死にゆきしを見て忘れたり

忍冬(すいかずら)覆い隠している窓が記憶のようで母が泣いてた

百日紅夏の名残りを散り敷きて刃もの研ぐ声風に乗せくる

暑いなと八十路（やそじ）の人の汗ぬぐう袖に砥石の水飛ばしつつ

刃もの砥ぐ簡素見あきずここにのみ過ぐる時間が椨（たぶ）の木のもと

身めぐりに刃物いくつの光りつつ夏の真昼が深々(しんしん)と過ぐ

中国技芸団上野の森に来て飛ぶを郷愁のごと見るは日本人

幼き日の記憶にありぬサーカスの曲馬団その流浪のひびき

「美しき天然」ジンタの楽の音のものがなしきがその日の日本

対岸の人

届くかと思うも届かざる声にわれは帽振る対岸の人に

川はさみ歩むについに別るると人は小さく道に逸れゆく

松山は雨と書き出す絵葉書に子規のなでしこぽつぽつと咲く

「六月を綺麗な風の吹くことよ」子規の痛苦に吹く風のいろ

連れ立ちて歩むにふいに湖(うみ)のひかり折れて話は陰りを帯びぬ

何処までも道が光って行く先のゴールは何処かと今さら聞きぬ

対岸のかすむに小さき社（やしろ）見え人動けるは可憐なりけり

志賀直哉ここに住みし日生涯のいずこ照らして手賀沼ありぬ

『我孫子日記』読むに飽かずも居住まいの閑情にして交流ありき

テレビ無きスマホ無き世の風景に雪が降ったり子が生まれたり

家族持つ息子の声の四〇代家長というは死語なりしかな

三家族寄りて集えば羽ばたきの強き弱きを聞きわけにつつ

正月はあと何度来ると小さな子詰め寄るあなたには何度でも来る

プールよりのバスはぽとりと小さな子落として行きぬわが待つゆえに

水泳は嫌いだけども筋肉のためと小さなおなかを見せる

四歳の子供の浮力しがみつくものなき世へと泳ぐを知れば

東洋のむかし話を聞かせては眠れる顔もつかの間のこと

残像

残像のようで幾重にもにじみくる春の村ありロシアの小説に

トルストイのヤースナヤ・バリャーナ、ショーロホフのヴョーションスカヤ若く焦がれぬ

『静かなるドン』三巻と四時間の映画見し日のドン河の濁り

人が人を呼ぶ声高くさびしさの根源のように窓は開きぬ

ゆりの木が三階までにもとどき来てかなしみやすき窓をかくしぬ

水に放つ茄子の紺色ひかりつつ夏の列車はいつ過ぎゆきぬ

夏が秋に加速して行くだれからも遠い雲ありゆっくりと行け

桃を剝く手が暮れ残りもうすぐに夏の終わりが部屋を領する

南へと雲の流れてゆく方（かた）の行けない旅にカヌーを流す

ブエノスアイレス、ナタール、カタール地図の上たどれば『南方郵便機』飛ぶ

まちがいのように眠ってしまいしは老いゆくからだのわが郵便機

ラ・フランス剝くにくぼみに添う指の遠からず忘れるあの橋のこと

叱咤する声の涼しくこんな日は初夏を揺らしていつの日の祖母

私の郷愁

知っていて知らない街となりにけり人湧き出でて万国旗のよう

ひらひらと髪や背が行くわれのみが遺物のようでスクランブル交差点

過去未来つなぐに見えて歩道橋渡りてゆけば〈渋谷ヒカリエ〉

こんな日は忘れ物するみずいろの化繊のコートどこかの椅子に

機上より見れば噴火の灰けぶり表情見えぬままにふるさと

桜島噴火のレベル聞かされて告げかねており私の郷愁

そしてまた町に降る灰行く先のどことも見えず市電に乗りぬ

あれはいつだったの友のくちびるがアネモネのように咲きはじめたり

繁華街というがありし日『悪の華』* たずさえて青春の地方都市

*ボードレール詩集

制服のままに見し日のジャン・マレー日東映画館聖地となしぬ

ゆき止まりの路地に咲きいしゼラニュームきのうのような昭和が点る

町はどこも同じ顔して壊るるにアーケード桃色のままのシャッター街

イタリア

帽子深くさらに目深く行く街の石の舗道は四十度越ゆ

イタリアに灼かれておりぬ先をゆく夫の背すでに陽炎のなか

炎熱に揺らめく目には顯れて中世はそこここに普段着

木の扉の重きを押せば文具店自転車の形のクリップを買う

フレスコ画の青い裳裾が隠すから見えないままの中世の闇

石刻む街彫り深く日傘にはひらひら飛ばす東洋の蝶

須賀敦子たどらんとすも「ウンベルト書店」探せずサン・コロニー街

シチリアに四十年を暮せしと陽子さんの陽気さ強靱なりき

おおいなる神の廃墟の神殿を蝶一頭が渡りてゆきぬ

紀元前のここにもありしアルキメデスの兵器〈鉤爪〉海に向かいて

文明のはざまはざまを蹴ちらして軍馬走るを今に聞きおり

乾きたるこころはためく布となり何に焦がれてわれら旅する

シチリアのいちじく甘く土肥（こ）えて熟るるは貧のたまものという

秋の日傘

病室の窓より見下ろす道白く秋の日傘が行く明るさに

人の呻吟どこにのみ込むマンモスの病院巨大な胃の腑を持てり

ひと日臥すわれの視線に一枚の輪郭はあり窓の青空

点滴に誘眠剤も入れられて瞼の奥の青空を消す

眠るよりほかなく睡りの濃淡に朝影は来るといえど素通りす

点滴と日がな連れ添い病廊の窓より窓にわれ行きつくす

臓腑ひとつ取ればからんと明るくてこの世は少し軽くなりしか

段丘の町

坂の上の町とありたる住所には君おらず森閑とはなみずき

坂登りくれば夕日がどっと来て目に燃え上がるままの街並み

みずき二丁目ことに空き家の多くして死にきれずいる家朽ちながら

「春のような町です来訪待ってます」あのころ春は日本に充ちて

持ち家奨励あるを励みに建てたりき君の背伸びのような坂の町

齢経れば坂は辛くて引っ越すと君の手紙の余白吹く風

「もう少し生きたいんだけど」木槿咲き柿も実っているのに逝きし

ロゼットのたんぽぽ風に吹く町を時がざざっと移動して行く

段丘の街の夏蟬落ちながらまぼろしの町抱(いだ)くぬけがら

*

幾たびも人身事故のアナウンスそのたびそのたび死を刻印す

どこにもいけない場所に止まれば一斉に指は忙(せわ)しくスマホ行き交う

死は悼むものとしあれどひたすらに遅延を詫びる声の確かさ

せきせきと発車を告げて行く先のこの世の駅に人はあふれて

ドトールにスマホ操る手の波が海の青さのなかを打ちよす

誰も外を見ない窓辺に指先がひらひらひらひらくいろいろなこと

てのひらの液晶に飛ぶミサイルの近すぎたれば見えざるごとし

Ⅲ

黒い森

草穂揺れ秋のはじめの旅だからスニーカーには草いろの紐

若からぬからだを運ぶ機上にはねむってばかりの君にゆく雲

さいごの旅といつも言いつつ幾度目の最後の旅のシュヴァルツヴァルト（黒い森）

父なるライン母なるモーゼル逢うところドイチェス・エック（河の合流点）にわれらは来たり

刃のごとくひらめく秋陽大河には乗せてドイツを南へ下る

昏れやすきこころに早く陽は落ちて君が欲しがるヴァイスブルスト（白ソーセージ）

ライヒェナ島へ

ロマネスクの三つの僧院あるゆえに来れば石の塔の静かな拒絶

この村に一つのみあるレストラン秋の寡黙がすみずみ満たす

なほほそきドナウの川のみなもとは暗黒（あんこく）の森（もり）にかくろひにけり　齋藤茂吉

茂吉たどりしドナウ源流いくばくの近くにありてドナウエッシンゲン

執拗にみなもと辿るが歓びの茂吉を追いて行く地図の上

あっけなく辿り着きしはプレートに（ドナウ源流の泉）とありぬ

ちがうなぁ　茂吉辿りてゆく先のかぐろき森に水わくところ

この国を流るるドナウ戦いのあれば死骸の馬もながれて

しろながす鯨のような雲がゆき群れているのはわたしたちだけ

帰り来れば紅葉銀杏の色づきてずんずんと日本の秋である

隣家の猫のゴン太が訪い来ては夫と密談する長きなり

夫のガン

風景が一変したり精密の検査の知らせ癌研よりも

夫病めば息子らともに来て写す温泉町の冬日とわれら

息子写すわれらふたりは父母を終えてかなたのふたりとなれり

フィルムに焼き付けられて静止するすでにし記憶のなかなるふたり

病院への冬の並木路整然と木の影並べばそれさえ恐し

朝夕を通えば憶える街並みのあの家の水仙白く咲きおり

帰り路(じ)はいつも夕方バス停のわれを夕日が突っ切って行く

きみを置き帰るにバスのなか暮れてともしび点く家みな知らぬ家

寒波寒波と追い立てられてゆく先の見えない治療に雪降る気配

冬の晴天続けばなおも鮮明にきみの患部の隠れもなきに

大いなる翼広げて建ちたるも大病院の中身が見えぬ

段ボールあければどっと匂いたつ病む人の辺に届く柑橘

資源ゴミの日

瓶は瓶のかたち違(たが)うに触れあいて捨てられゆける音にひびかう

缶は缶の音賑わしく潰されてかたち変えるを楽しむごとし

夜の更けに誰ぞ来たりて缶と瓶分別するが悲のごと聞こゆ

自転車に捨てに来る人おおいなる衣類の束の生きてるごとく

一〇軒のゴミ集積所生活の悲哀も入れて運ばれきたる

わが町にあればふらふら来て入るキネマ旬報シアター古く

病院に苦しむ君を忘れんと束のま座るくらやみの椅子

イタリアの明るい村が映されて少年は少年を老いるかがやきながら

きみの病(やまい)さびしむ友より届きたる日田天領水日は晴れながら

退院を許されて行く墓参なり鹿児島までの飛行二時間

生きている人が大切ちちははの墓に祈るは夫の体調

父のビル売るを告げきて弟のこの日遥かな木の花散りぬ

金文字の屋号はずせば平凡なレンガのビルの一つとなりぬ

仕方なく家業を継ぎし弟の捨てたる夢のいくつを聞かず

ぎらぎらと商せし日の父の顔船来なりきネクタイ締めて

時々を来ては埠頭に見遥かす父のようなる艦船来ぬか

むせかえる楠全身を揺らしては淋しいか淋しいか皆居なくなる

電波時計

散歩コースだんだん短くなりたれば家の近くの小道を行くも

この道の先を曲がれば木犀の香のしるきこと知れば曲がりぬ

花梨の実昼より夜の重たさに香るを知れば夜に逢いにゆく

すすきかるかやこんな明るい秋の日を踏み分けゆくに行くえの見えず

無人駅に散るはひかりの重さかな音なく落下してゆくもみじ

うろこ雲空行く時を朝市の魚(うお)のぽっかり口あくる見ゆ

電波時計柱に大きく鎮座すが遅れ遅れて時伸ばすごと

少しづつこの世をずれてゆくことの長針短針楽しくもあるか

狂いつつ時にしっかり時打つは遊びのようで今際のようで

もういいでしょうと大きく息をして止まってしまう　いやまだ動く

循環バス

循環バスぐるぐる廻り円環の一つの場所にわれを落としぬ

あぎとえる鯉の口とも決断の時を迫りてわが息苦し

街は真昼の明るさなれど数えゆくひと日の果てにある停留所

着ぶくれているはわれのみ降り立ちて大病院にわたしを運ぶ

ここに着けばわたしは全身針ねずみ君の病状聞けば逆立つ

こんな暖かな冬の日なれば病舎より君きらきらと歩みて来ぬか

逃げられぬ時が追いかけ来るようだ次々生れてくる乱層雲

せい一杯枝を広げて立ちたるにたった一人を守れぬ樫よ

呼ぶ声

再発までの短きみじかき七か月これから何をしようわたしたち

緩和ケアホスピス終末医療という文字がおどりぬ記号のように

わたしたちの家に帰ろう君の帽子きみの部屋着や本のある部屋

ふたりしてもんどりうって倒れるは朝の着替えの一大事業

痩せたれど背高き姿たくましと言えばか細く胸たたく真似

病む夫が隔つ砂丘のような部屋今日はわたしを入れてはくれず

行き違う言葉の糸を手繰りよす病まざるわれが病む君を刺し

もう声はとどかないから持たされてわれを呼ぶ笛カナリアは鳴く

うれしいのかかなしいのか分からずに桜いっせいに咲く悲しいのだ

ひと思いに散るはなけれど思い思いに散りてゆくえの知れぬはなびら

死はそこに柘榴のようにありたるもひと日ひと日に月射す今日も

どうしても山が見たいという君を連れて東北道はな吹雪く

子の車に運ばれゆけば君の瞳（め）を走る山並走る今日の日

旅は終わるにどうしたのだろう生き生きと五月われらにかがよいやまず

夜のふけに惻惻（そくそく）としてくるものを青葉の闇に追い散らすとも

絶筆の「ソバたべました」手帳には柳のような文字がゆれている

令和一年五月十一日未明

われを呼ぶ声の遠さに恋わたるわたしの名前あなたの名前

騎馬戦

熱中症避けて春にある運動会椎の青葉が騒いでおりぬ

騎馬戦の子らの歓声ふいにきて胸のからっぽ揺りあげてくる

秋の日射（にっしゃ）にありしはいつの運動会昭和を駆け抜けて行きし子供ら

一二歳走り抜け行く春にしてわが少年よ少年よ走れ

右往左往

一生の終わりかたなど分からずに右往左往と君を逝かしめ

君の眼鏡の三つ四つがあちこちにあれば彷徨（さまよ）うあっちこっちを

凌霄花（のうぜんかずら）の色強ければわれは我が目を隠したりカーテン引いて

残されし時間を急ぐ走り書き今も走りぬ君の机上に

降り止まぬ雨は眠りのなかまでもくるしい夢の水位をあげて

目覚めては夢の切れ端つなぎいる木の葉のように手を振るはだれ

誰も居ぬ部屋きりきりと掃除してそれからそれから何をするべし

日傘さし顔をかくせばすっぽりとこの世は遠く駅までの道

たましいの落としものなど無きものか駅構内のだだ広き部屋

高い所のプラットホームにいる人が小さく秋陽に耀よいおりぬ

カナリア　カナリア

防災公園むかし牧場なりし日に子らと来たりぬ牛乳買いに

「齋藤牧場」その名親しくプラタナス並木短く入口ありて

住宅地の続きにあれば放牧の小さな草地に子を放ちたり

（牧場のある町）小さな見出しの「家庭生活」の雑誌に載りぬ

「家庭生活」その名正しくありし日の荒れゆくみえて牧場失せぬ

牧場の日暮れ鳴きいしカナリアの声を聞きしもカナリア見えず

病む君をつれきし最後の公園のプラタナスあおくカナリア　カナリア

ディスタンス

そら豆のはじける春の家々に見知らぬウイルス芽吹くと言えり

流浪する民のごとしも一斉にマスクの顔が街にあふれて

スーパーに人立ち並ぶディスタンス2メートルとぞそのふかい谿

洗いすぎ無菌なる手を持て余す無菌なることつまらなきかな

クラスターそこに生(あ)るると名指されてゴールデン街かなしきひびき

逆上がり前方回転休校の少年えんえんと円より出でず

公園に子供ら消えて青空に傷一つなし声一つなし

正月を来てまず手を翳す子らのため消毒液を新しくせり

玄関の松の飾りにコロナ禍の影は射しつつ人祝いあう

祖父の死と父の死夫の死べつべつの死の顔みせて君は逝きたり

三が日過ぎて靜もる家うちに遺影とふたり　ふたりと思う

蟬しぐれ

黒服に集う夏の日蓮の花こぼれて零れたままの一年

コロナ禍に遅れおくれし法要の蟬しぐれなりここぞと鳴けり

密なるを避けて小さき法要の名に呼びあえばこれだけの家族

天幕ははためきやまずそこらじゅうの木々を揺らして納骨おわる

風吹けば風に読経の声が飛びじいじがいやだと言ってると言う

亡き人は亡きまま古いジャズのごとわれを巡りてけじめもなけれ

「そのうち」と別れるひとは「そのうち」に失せゆく時の尊さ知らず

雨戸開け入れる朝日に目覚めゆく部屋の片隅カナブン死んで

すみずみを知り尽くすなど幻想で死ののち深む隅々の翳

冷蔵庫に根のある野菜保管して水に漬けては生き返らせぬ

お豆腐は白くすべらかのど通るときのあてどのなさを愛しむ

訃報ひとつ

訃報ひとつその衝撃に音もなくひろがる湖（うみ）の暗さどこまで

ざぶりざぶり暗き海鳴り遠泳の続くがに逝く岡井隆逝く

近藤芳美、岡井隆を仰ぎ見て詠いこし日の〝未来〟もう無く

蜜の死

合歓の葉は木の蜜ふふみしたたりぬ鉄の門扉のくたちゆくまで

剪る人は逝きてひろがる合歓の葉の天蓋なれば打ちなびくまま

されど葉の緑のままに落下すは身を投げるごと路上をたたき

合歓（ごうかん）ののちの死思えば掃きよせる蜜黒びかりしてへばり付きしを

六月のうす紅ねむの花咲くにすでに記憶のようでにじめり

木は老いてなお華やぐと梅、桜ほんとにそうか合歓の蜜の死

河を渡って木立の中へ

月命日月ごと来れば墓の辺に散らばる日差しもう冬が来て

むかし森なりし墓苑のひとところ夫の墓あり果てなきごとし

ひろびろと木々が囲めば死者生者さかいもなくてわれは歩みぬ

生きている者に降り積むもみじ葉のこんなに軽く死者と睦みぬ

蒼穹にまた逢う日まであおぞらを舞いつつ木の葉土にとかえる

彼の世この世を分つ境に清き河あるとし知れば君渡るらん

たましいは安らぎいるか木漏れ日の河を渡って木立の中へ

もうここは木の里なれば木の影のざわと揺れたち墓碑の名かくす

追憶は遠く近くに人のみの記憶にありて木はさやぐなり

私の居場所

からだには吹いていたはず大陸の黄砂染みつくうぶすななれば

父のみの父の満州おおいなる夢の子供とわれ生まれしと

何という青空だろう「あじあ号」戦争の日の草花積んで

きのう呼ばれ今日を捨てらるる民として離散の果てに見し日本国

大陸のいずこか咲き満つアカシアの街ありとせば母国に似たり

人には皆国があり故郷がある。そこにルーツとしての私の場所がある。満州（今の中国東北部）で生まれ敗戦とともに六歳で引き揚げてきた私にはそのルーツとしての意識がない。生まれ育った街は日本の統治国でありながら日本ではなく、敗戦時の帰国の混乱に起きた家族の離散は戦争の何かも知らぬ幼年期を一変させた。国はわたしたちを捨てたという大人たちの呪詛に辿り着いた母国は見知らぬ国で、あの茫漠とした感じは今も尾を引く。私のルーツとしての居場所を探すなら母も姉も居た、今は消え去った国のどこかの街なかなのだろう。

山茶花

今日も来て水木の花芽啄める二羽の目白の一心不乱

山茶花の生垣紅くここに住む美しいひと半年見えず

ひとつ通り離れて住めば時おりの挨拶のみに過ぎし四十年

にわたずみ横切るわれの一瞬の影のうつしみさざなみ揺れる

長編をこのごろ読めず掌編の手のひらほどの灯(ともし)をひらく

短編の濃き陰影をたどりゆくアリス・マンロー『イラクサ』の翳

旅をするように読み継ぐ時間からこぼれてわれの刺草繁る

自由都市言葉に馨る香港の灯の街怒濤のように消えたり

弾圧はかかる少女のか細さに矢のように降り言論封鎖

人として生きし地上の数年の子らはドローンの誤爆に死にき

くしゃくしゃの笑顔の医師はアフガンに井戸掘り慕われ撃たれて死にき

ひつじ雲寄りては千切れ包帯のなびくがにゆく世界のいずこ

顔

採れたてのアスパラ食めばさみどりの野趣猛き香に励まされおり

ゆびさきを離れて塩はうつくしく割きたる魚の腹へと降れり

疲労にも色ありわれの薄羽いろコンビニにきて照らされおりぬ

三日誰とも話さずいれば声嗄れて枯野にさがすカナリアのこえ

あけびの蔓からまりゆくに行く先のフェンス途切れて風に泳ぎぬ

この日々の濃きたそがれを訪いきては土鳩ぐぐっと生きがたき声

家を売る友の話に春暮れてホームというも伽藍のひびき

施設と言いホームと言いて窓枠の四角のなかが湖水のようで

薄暮（かわたれ）の水みずからの影と思い月を揺らして月溺らしむ

少年の寡黙を隠す黒マスク傷つけられぬ距離なども知り

少女さぶ顔はマスクに隠されて朝顔夕顔二年がたちぬ

剝きだしの顔を忘れて街中（まちなか）のマスクの顔の一つとなりぬ

知らずして語りかけいる君亡くてきみ居ることの椅子に窓辺に

銀木犀いまだ咲き継ぐ春にして戻れよいつに、どこに、あの日に

岸辺

床のニス塗り替えたれば水面のようでつぎつぎ傷浮かびくる

疵あとは子らの足跡リビングの床に散りぼう声を拾えば

塗り替えて蘇りたると人言うもよみがえざるもの充ちて夏ゆく

ひとり飲む牛乳朝の陽のなかの四つある椅子空席ばかり

ゆらゆらと岸辺であればたまさかに寄る舟待ちてリビング涼し

歳月

十月の空が眩しい伐採の木の匂いみちて木は死にゆくを

木は泣くか電動ノコギリきしませて今合歓の木の胴体あたり

ポーチごとひっくり返ると庭師言う秋の静かな合歓の木の下

木はいつを人と交わる指先が葉でも花でもないのに痛む

この家を過ぎにし夏の記憶ごとばっさりと切る歳月を切る

蒼くけぶっていたはず人の死の遠くぐらりと夏の翳を濃くして

また夜は千の睫をそよがせて眠るほかなき吾（あ）を眠らしめ

人は老い木は永らえてゆくことの歳月にこそはな咲きながら

きみ居れば剪らずにすみしと思う間をチェンソーの音ためらいもなき

仰ぐたび空白ばかりが広がって空もわたしも明るさばかり

あとがき

この歌集は、二〇〇九年半ばより二〇二一年にかけてのもので私の第五歌集に当る。前歌集より一二年近くがたってしまった。一〇年ひと昔というが、この一〇年の移り変わりはそんな言葉では言い表せない変容である。震災や数々の災禍、急速にデジタル化してゆく社会の構造、そしていきなり世界を変えてしまった新型コロナウイルスのパンデミック、常に人間の心や身体を先回りして来る変容に、時代は二廻りも三廻りもしてる感じにこの一二年を振り返っている。それでも人はその中で、それぞれ折り合いを付けて生きてゆくものなのだと思っていた。生活とはそういうものなのだと思っていた。しかしどうしても折り合いのつかないものが人生にある事を思い知った。連れ合いの死である。

夫は病気一つなく登山家でもあった。ヒマラヤを登攀し穂高連峰を愛した。発病より一年半で逝った。最後の告知後、化学療法を嫌がって在宅ケアで過ごした。夫にも私にも辛い時間の筈だったろうが、今思えば賜物の時間でもあった。水のように流れていた時間が石を刻むように刻印されていった。違う意味の二人だけの時間であった。

良く旅をし、ともに山野を歩いた。木や川を愛した。そして夫を送らねばならないと知った時間の中で、呪文のようにある言葉を思った。

それは前に読んだヘミングウェイの作品のタイトルの言葉である。作品も好きであったが、私はその『河を渡って木立の中へ』というタイトルが好きだった。［Across the River and into the Tree］戦争の死の予感の中でトーマス・J・ジャクソン将軍が呟くその言葉の意味を思った。そしてその言葉を、そのまま作品のタイトルにした著者の心を思った。人生の苦しみの河を渡ったところにある休息の木立を思い、そのやわらかな木洩日を思った。その思いを支えにした。いささか長いこの歌集名の所以である。

夫が逝って三年近くがたちやっと過去の歌と向き合っている。一二年もの歳月が陽炎のように見える。その中を夫も私も確かに生きたのだと歌集を編みながら思った。歌を続けていて良かったと思った。

長く短歌に係わってこれたのは〝未来〟という場所があったからである。近藤先生、岡井さん、多くの先達から教えを頂いた。そしてたくさんの歌友を得たことを心から感謝している。また今の私を支えてくれている私の家族にも感謝を伝えたい。

この度は第一、第二歌集でお世話頂いた砂子屋書房の田村雅之様に出版をお引き受け頂いた。初期歌集を作って頂いたふるさとに戻ったような気分である。心より感謝申し上げます。装丁の倉本修様にも改めて感謝申し上げます。

二〇二二年　二月の雪の降る日に

秋山律子

歌集　河を渡って木立の中へ

二〇二二年四月二七日初版発行

著　者　秋山律子
千葉県柏市今谷上町五四（〒二七七―〇〇七四）

発行者　田村雅之
発行所　砂子屋書房
東京都千代田区内神田三―四―七（〒一〇一―〇〇四七）
電話　〇三―三二五六―四七〇八　振替　〇〇一三〇―二―九七六三一
URL http://www.sunagoya.com

組　版　はあどわあく
印　刷　長野印刷商工株式会社
製　本　渋谷文泉閣